NOTICE

DES

TABLEAUX

DESSINS, AQUARELLES

Vues et Paysages

ESTAMPES, ÉTUDES, ETC.

DONT LA VENTE AURA LIEU

Après Décès de M. Charles NAUDET

ARTISTE PEINTRE

HOTEL DES COMMISSAIRES-PRISEURS

RUE DROUOT, 5

SALLE N° 7, AU PREMIER ÉTAGE

Le Mardi 5 Janvier 1869

A UNE HEURE

Par le ministère de M° **HENRI LECHAT**, Commissaire-Priseur,
rue Baudin, 6, square Montholon.

Assisté de **M. VIGNÈRES**, Marchand d'Estampes,
rue de la Monnaie, 13, à l'entresol, entrée rue Baillet, 1,

CHEZ LEQUEL SE DISTRIBUE LA NOTICE.

EXPOSITION PUBLIQUE AVANT LA VENTE

JANVIER 1869

DÉSIGNATION

TABLEAUX

33 Beau Portrait de femme, grandeur naturelle. Toile, cadre doré ovale, avec nœud de ruban sculpté.

5 Tête d'Italienne, en habit de fête, grandeur naturelle. Toile encadrée.

4.75 Ecclésiastiques en buste, belle étude terminée. Toile.

3 Portrait de Charles X, roi de France, buste grandeur naturelle. Toile.

15 Portrait, buste de Canova. Toile.

40 École française du xviiie siècle. Tête de jeune Fille, genre Greuze.

10 Études en Italie, de Smargiasi. 2 toiles.

3.50 Scène d'Histoire ancienne, École de David.

18 Les Muletiers, Coupe avec Fruits.

31 Paysages, Marines, etc. Environ 12 toiles.

13 Deux petits Portraits d'hommes, à l'huile, sur cuivre.

DESSINS

51 **Fragonard**. Achille reconnu par Ulysse à la cour de Nicomède, d'après Rubens. Grand et beau dessin au bistre.

7 **Nicole**. Vue de Venise. Aquarelle sous verre.

CHARLES NAUDET

Mine de plomb sous verres : Vues d'Arca- *13.75*
chor, Arles, Dinan, Dracy, château de Coucy, Clis-
son, Jersey, Gresy (Savoie), vieux palais à Chambéry,
Provins, Saint-Lô, etc. Environ 30 dessins.

Bistre, Sépia sous verres : Vues du Bout-du- *25*
Monde, Pyrénées, vallée de l'Isère, du parc de
Tencin. Environ 16 dessins encadrés et sous verres.

Aquarelles : Vue d'Égypte, très-grande, tendue; *35*
vues diverses. Environ 12 sous verres ou encadrées.

Deux très-grands Cadres dorés, à 4 comparti- *30*
ments, avec dessins.

Photographies : Vues d'Italie et autres. Envi- ~~30~~ *4.25*
ron 22 sous verres.

Mine de plomb en feuilles: 35 Vues et Paysages. ~~~~ *22.50*
Sépia : Vues d'Italie et autres. 150 dessins. ~~~~ *151*
Aquarelles: Grands et beaux Paysages. 8 pièces. *30*

ESTAMPES

Desnoyers. Bélisaire, avec le cachet à deux *4.50*
têtes. Encadré.

Ficquet. Portrait de Voltaire. Encadré. *4*

Maile. Charlotte Corday, Massacre des Innocents. *4.25*
2 cadres.

Thévenin. Suzanne au bain. *6*

Lithographies de Bonnington, Charlet, De- *5*
camp, les Artistes vivants, etc.

Estampes modernes, encadrées et en feuilles. *5*

Albums : Vues d'Italie, lithographiées : Rome, Turin, Venise, etc. 89 pièces.

— De petites Vues de Rome, gravées. 83 pièces.

— De Vues du Nord de l'Italie, gravées par **Debucourt**, d'après les dessins de M. C. Naudet. 49 pièces cartonnées, très-rares.

— De Swanevelt, Silvestre et Lithographies. 181 pièces.

— De Pinelli : Faits les plus intéressants du brigand Massaroni, avec son portrait ; Costumes pittoresques italiens, Scènes et Usages. Marchands, etc. 151 pièces.

Volume contenant 445 pièces, diverses Gravures. Lithographies en bois, etc.

Trois Bas-Reliefs en bronze.

Fusil arabe, Yatagan, quelques curiosités, etc.

Le peu de temps ne nous a pas permis d'en décrire davantage.

CONDITIONS DE LA VENTE

Elle sera faite au comptant.

Les Acquéreurs paieront CINQ POUR CENT en sus des enchères.

Renou et Maulde, imprimeurs de la Compagnie des Commissaires-Priseurs rue de Rivoli, 144.   20293

Panorama d'Égypte et de Nubie, par Horeau. Texte illustré et planches imprimées en couleur.

Paris 21 Déc. 68

Monsieur

Je m'empresse de vous faire savoir que je viens d'obtenir la Salle N.º 7 au premier étage pour le 5 Janvier 1869 pour y faire la vente après le décès de M.ᵉ Daudet.

Voulez vous avoir l'obligeance de vous mettre en mesure pour elle lorsque vû la difficulté que vous éprouverez à obtenir vos salles.

Et par hasard le tems vous manque pour préparer votre Catalogue Contentez vous d'une simple Notice;

La Vente étant d'une importance tellement minime nous devons éviter autant que possible les frais

Recevez Monsieur mes Salutations empressées

Leubaz

7 déc. 68

Mademoiselle Naudet
37 rue de Babylone
M. Colin 80 rue du bac

Monsieur

Par suite du décès d'un de mes
chiens j'aurai à procéder à la vente d'une
grande quantité de chiens et deux porte-
et demain matin vers 9 h 1/2 j'irai vous
prendre pour vous amener en consulté
mon intention étant de vous prier de
vous charger du catalogue si nous
reconnaissons que les chiens en valent
la peine. -

Votre bien dévoué

267a

BORDEREAU D'ADJUDICATIONS.

Me Henri Lechat

Commissaire Priseur, 6 rue Baudin
Faubourg Poissonnière, N°. 6?

VENTE du   Rue

Doit M. Vigneu

Articles du Procès verbal	Numéros du Catalogue	Désignation des Objets.	Prix.		Prix.	
	6				1	
						6
					1	6

à Reporter .....

Articles du Procès verbal	Numéros du Catalogue	Désignation des Objets.	Prix.	Prix.
		Report		